기획의 말

그리운 마음일 때 'I Miss You'라고 하는 것은 '내게서 당신이 빠져 있기(miss) 때문에 나는 충분한 존재가 될 수 없다'는 뜻이라는 게 소설가 쓰시마 유코의 아름다운 해석이다. 현재의 세계에는 틀림없이 결여가 있어서 우리는 언제나 무언가를 그리워한다. 한때 우리를 벅차게 했으나 이제는 읽을 수 없게 된 옛날의 시집을 되살리는 작업 또한 그 그리움의 일이다. 어떤 시집이 빠져 있는 한, 우리의 시는 충분해질 수 없다.

더 나아가 옛 시집을 복간하는 일은 한국 시문학사의 역동성이 드러나는 장을 여는 일이 될 수도 있다. 하나의 새로운 예술작품이 창조될 때 일어나는 일은 과거에 있었던 모든 예술작품에도 동시에 일어난다는 것이 시인 엘리엇의 오래된 말이다. 과거가 이룩해놓은 질서는 현재의 성취에 영향받아 다시 배치된다는 것이다. 우리는 현재의 빛에 의지해 어떤 과거를 선택할 것인가. 그렇게 시사(詩史)는 되돌아보며 전진한다.

이 일들을 문학동네는 이미 한 적이 있다. 1996년 11월 황동규, 마종기, 강은교의 청년기 시집들을 복간하며 '포에지 2000' 시리즈가 시작됐다. "생이 덧없고 힘겨울 때 이따금 가슴으로 암송했던 시들, 이미 절판되어 오래된 명성으로만 만날 수 있었던 시들, 동시대를 대표하는 시인들의 젊은 날의 아름다운 연가(戀歌)가 여기 되살아납니다." 당시로서는 드물고 귀했던 그 일을 우리는 이제 다시 시작해보려 한다.

죽음에 이르는 계절

문학동네포에지 016

조연호 시집

죽음에
이르는
계절

시인의 말

이 시집의 제목은 마우로 펠로시Mauro Pelosi의 〈라 스타지오네 페르 모리레La Stagione Per Morire〉에서 빌려왔다. 그가 말하길, "소멸에 이르는 계절은 봄이다. 당신은 이 아름다운 순간을 기다려왔다"고 했다. 그의 어두운 밀밭은 나의 밀실 어디쯤이었을 것이다. 봄은 나무들을 희고 반듯하게 깎아 미화원이 지나는 길에 말목으로 세워두고 있었다. 해산(解産)은 자기를 꺼내놓으며 피는 꽃이다. 돼지목에 부엌칼이 손잡이까지 깊게 꽂히고, 갈라낸 뱃살 아래 뜨거운 김과 내장이 함께 쏟아졌다. 봄이었고, 소리 없는 것들에게 소리가 붉은 매화처럼 피었다.

2004년 8월
조연호

차례

라면집에 모여 있던 소년들

가슴에 시추공 하나 깊게 뚫린 줄 모르고 태연히 바람 부풀리는 떡갈나무를 보았네
이쑤시개 물고 소년들이 라면집에서 걸어나오고
불모지가 어느 날 풍성한 명아주 한 두름 배 아래로 쏟아내는 걸 바라보았네
길고 두툼한 욕지기가 실패 같은 소년들을 칭칭 감았네
어두운 골목에서 서둘러 빨아당기던 담뱃불의 짧은 명(命)보다 하루는 더 짧아지지 않았지만
달궈진 무쇠 틀 안의 밀반죽처럼 흡, 숨을 들이마시고 소년들은 한껏 부풀어올랐네

후둑후둑 젖으며 떡갈나무에게로 비가 걸어왔네
라면집을 나온 소년들의 배부름은 배고픔과 같아지고
그 위로 어둠이 빈손을 벌리고 둥둥 떠 있었네
사랑하는 사람에게 그러하듯 운명이 유치하게 눈 흘겼네
비가 오면 라면집 소년들은 진저리치며 알을 까는 처마밑 나방 같았네
해거리 현상 때문에 열매가 너무 많이 달린,
소년들의 무거운 가지를 솎아주러 가고 싶었네

나방의 뚱뚱하고 주름진 배에 홀려 온종일 라면집 앞을 서성였네
그런 날은 초벌로 구워진 내 몸이 많이 뜨거워했네

가스불처럼 훅훅 하늘로 올라가던 나뭇잎에게 귀 대어 보았지만

빈 그릇에선 아무 소리 들리지 않았네

뜨겁게 끓던 라면 국물을 앞에 두고 소년들의 사기그릇이 발가락을 모으고 눈부셔했네

죽음의 집

하늘이 녹물처럼 붉게 일었다. 모든 기억이 한 개의 덩어리였어. 새들이 신중하게 생명 이전으로 날아간다. 나는 다기점(茶器店)에서 기다리는 애인을 데리러 슬리퍼를 끌고 자취방을 나와 좁은 골목 낮은 담벽을 걸었다. 벽지는 썩고 벽은 자꾸 물을 품고 달관한 듯 세상 쪽으로 기울었다. 그 벽 한구석에 나는 달력 대신 뭉크의 판화 〈죽음의 집〉을 붙여놓았다. 창밖은 비극적 세계관이지 않은가, 죽은 사람을 흰 천으로 덮어놓고 여자가 손으로 입을 가렸다. 끌칼이 지나간 자리로 매섭게 파인 바람이 불어온다. 나는 되도록 자세하게 어둠과 대추나무와 이름 없는 마룻바닥들에 대해 말하려고 애썼다. 아니, 나는 바닷가로 가서 뜨거운 모래 위에 수많은 바다거북의 알을 낳고 행복하게 죽어가고 싶었다.

죽음에 이르는 계절

팔뚝 위를 눌러 희미하게 돋는 실핏줄에 입맞춘다. 감사한다, 펄펄 뛰는 피톨들도 가져보지 못하고 이제 입춘. 산책길의 태양은 헐렁한 양말처럼 자꾸 발뒤꿈치로 벗어져내리고 붉은 잇몸을 보이며 어린 연인이 웃는다. 그날은 군대 가서 죽은 사촌형이 내 뺨을 쳤고 물 빠진 셔츠 얼룩을 닮은 구름이 빨랫줄 위를 평화롭게 걸어갔다. 마지막 인과라 생각하며 문 열어두었던 붉은 봄날. 감사한다, 『한국민족문화대백과사전』 13권, 5~6세기 낙동강 유역과 한강 유역 근처에 개미떼가 커다란 구멍을 슬어놓은 봄날. 골목의 버려진 상자마다 바람의 손가락들이 채워진다. 화장실에 앉은 여자들이 노란 열매를 먹고 노란빛으로, 푸른 알약을 먹고 푸른빛으로 변하는 리트머스 종이였던 봄날. 연인의 목안에서 바람이 방부제처럼 녹아갔다. 감사한다, 인간이라는 짐짝. 짐짝이 점점 무거워질 때 바람의 거짓말이 푸석푸석 아름다워져간다. 사람들의 발목에서 넓고 가벼운 날개를 꺼내던 마술의 입춘. 감사한다, 맑은 정오에 구릉을 지나던 객차와 화차 사이에 어린아이가 끼어 죽은 날.

시월

나이 스물여섯, 자살이 아름다워 보이는 나이. 스물여섯은 그지없이 행복하다. 불 밝힌 거리가 창 닫힌 거리를 짓밟으며 뛰었다. 스물여섯, 짐 모리슨보다 더 오래 살고 혁명에 덜 더럽혀진 세대. 나는 쓸쓸한 거리에서 연인들에게 사진을 찍어주었다. 어두워지면 집으로 돌아와 고양이처럼 웅크리고 대야 속에 가루로 된 세제를 풀었다. 때묻은 동전 같은 시월 ; 거품이 날 때까지 등(燈) 없는 거리가 빨래를 비볐다. 시월엔 정든 뿌리가 나를 땅밑으로 데려갈지도 몰라, 시월은 머리맡에 꺼진 영혼의 재떨이를 놓아두었다. 담배 끝이 과꽃보다 붉게 꽃잎을 열었다. 사람들을 놀라게 할 기막힌 상상도, 비열한 폭로도 시월의 책장엔 적혀 있지 않다. 나는 손가락 끝에 모인 죽은 피를 바늘로 터뜨렸다. 시월의 나이인 스물여섯 ; 아이들은 폭죽을, 부인들은 시든 배추 줄거리를 안고 저마다 행복한 관(棺) 속으로 들어갔다.

달의 목련

겨우내 나는 길눈이 어두웠다. 나는 또 시(詩)라는 잘 닫히지 않는 상자를 생각하고 있었다. 해맑은 소년 같던 옆집 고양이, 끝이 보이지 않는 깊은 우물처럼 평생 바람을 퍼올리던 아카시아숲, 나는 또 병(病)이라는 낡은 산책길을 걸어가고 있었다. 친구가 남기고 간 화분 속 석횟가루들이 잎새 쪽으로 희게 몰려간다. 고즈넉한 자목련과 친족들의 장례와 트럭 폐유의 냄새, 모든 걸 다 숨기기에 이 상자는 너무 거짓말이 많았다. 소음 벽 아래 모인 목련이 용서로 가득 채워진 꽃잎을 꺼낸다. 다만 한 발짝씩 기억에서 발을 옮겨놓았을 뿐인데도, 좌판을 벌이는 노인네의 감자 몇 알처럼 뎅글뎅글하게 달이 떠오른다. 생명체가 있을지도 몰라, 시력 나쁜 애인은 깊게 팬 쪽의 달이 신비롭다. 전생이 있다면, 그것이 서로의 열매를 향해 가지를 뻗는 나무의 흔들림이라면. 목련이 있던 자리에서 한 걸음 비껴 서서 목련꽃이 핀다. 달의 인력이, 애인의 월경이 목련을 끌어당긴다. 영영 소년이 될 수 없는 아이와 상자 속의 거짓들은 용서받아도 깨끗해지지 않았다.

길을 향하여

비가 온다. 비는 길 위의 사람들을 허물며 처마끝으로 몰려간다. 아무렇게나 구름은 둔덕을 두드리며 걸어가고 나를 닮은 가지 하나가 빗발을 꺾으며 물길에 떠내려간다. 천둥이 얹힐 때마다 물먹은 지붕은 자꾸 무거워졌다. 들풀들은 몸을 엎디어 바람의 길을 가르쳐주고 나는 농아 모녀가 손가락으로 둥글게 말을 엮는 것을 보았다. 구름 뒤편에 머무는 맑은 소리들이 먹으로 번진 하늘로 옮겨온다. 여러 개의 물길만큼이나 어지럽게 사람들의 걸음은 흙탕물을 섞으며 걸어간다.

열매를 꿈꾸며

나는 순(筍)을 밀어올리며 껍질 밖으로 나왔다. 땅 위에 하늘의 끝자리를 조금씩 올려놓으며 안개가 내려올 때 다발꽃을 손에 쥔 아이가 허전한 꿈가를 뛰놀고 있었다. 아무도 그곳에 와서 기웃거리지 않았으므로 그 아이의 걸음, 한 줌의 사랑에도 묶이지 않았다. 안개는 강과 함께 흘러가고 들풀의 잠결로 깔깔한 삶이 두런거렸다. 그리움을 뒷전에 두고 나는 망울을 터뜨리며 봉오리 밖으로 나왔다. 몇 장의 꽃잎이 내 빈손에 넓은 잎의 속죄를 쥐여주고 있었다.

불을 꿈꾸며

더러운 싸전 골목길로 비둘기들이 흙먼지처럼 내려온다. 아이들처럼 손에 흙을 묻히고 말없이 놀던, 할아버지의 치매는 겨울나무처럼 깡마르고 적요로웠다. 열린 문 뒤쪽이 싸한 박하사탕을 물고 보조개 가진 여자애처럼 웃고 있었다. 어미 밖으로 바글바글 몰려나오는 빨간 거미 새끼들이 황혼보다 붉고 아름다웠다. 풀들에 의지해서 소들이, 소들에 의지해서 사람들이 살아간다. 겨울잠이 몽당연필처럼 짧아지고, 깊은 겨울잠 속에서 찬피동물들은 푸른 물결보다 싱싱했을 것이다. 가끔씩 이 지리멸렬은 끈 놓친 풍선처럼 부풀며 하늘로 날아올라 가뭇없이 터져버리곤 했다. 누군가 강 저편으로 외롭게 돌 던졌고, 항상 돌은 더 아프고 더 외로운 쪽으로만 날아갔다. 어떤 이가 몸속에 깊은 웅덩이를 파고 목마름을 담는다. 식물에게 사주(四柱)가 없는 것이 슬펐다.

사생대회

아이들이 정화조 뚜껑을 열어 천국을 확인한다. 뚝방길로 사생대회 나온 아이들이 바람 몇 가닥을 밑그림으로 그린다. 바람의 색감은 굵은 몇 줄의 온통 비천함. 드라이플라워처럼 거꾸로 매달려 풍경들이 말라간다. 내 농담에 찰흙 인형처럼 웃던 엄마를 처음 만난 곳. 물결이 그러하듯 처음 흔들린 곳에서 너무 멀리, 소(沼)는 아이들에게 칙칙한 갈색 크레파스를 골라준다. 빨간 새끼거미들을 꺼내놓고 흰 거미알들이 하나씩 빈 상자가 되어간다. 한평생 여름과 대화해보지 못했을 푸른 나무 잎새들이 도화지 안쪽에 빼곡히 자란다. 울던 엄마를 따뜻한 열매 속에 처음 넣어준 곳, 도화지 위의 허무하고 붉은 꽃이 완성되는 순간.

모래내

높게 매달린 타워크레인은 저문 날이 들어올 수 있도록 허공에 둥지를 만든다. 오늘은 동쪽이 길한 날, 모란꽃 활짝 핀 이불 홑청 위에서 누나는 화투점을 맞춘다. 아침을 따라 발목 시린 물가까지 걸어왔지만 아무도 길하지 않았다. 향수를 바르고 주보(週報) 돌리는 여자들 곁을 서성대는 것이 즐거웠다. 가출했던 누나가 행복하게 머리를 틀어올리고 결혼식장으로 걸어들어간 날, 종교는 병을 앓았다.

타워크레인이 허공에 잿빛 점자를 찍는다. 구구단을 외며 콩나물 한 봉지 사오는 여자아이에 대해, 몽상하는 공단 굴뚝에 대해, 일요일은 가혹한 점자를 읽는다. 떠나기 전에 언제든 연락하겠다고 모래내는 내게 약속했었다. 따뜻한 얼굴과 아름다운 노래를 아무데서나 만들어서는 안 된다는 걸 알게 될 때까지, 아이들이 개들과 함께 동네 쓰레기통을 들쑤시고 다녔다.

어떤 꿈의 거푸집

문 앞에 쌓인 고지서들이 나를 고분고분 납기일 안쪽으로 묶어둔다. '金윤정 ×년'이라고 못으로 쓴 허망한 미루나무 둥치로 허망한 나뭇잎들이 회귀해 온다. 누이와 아버지는 즐겁게 아베마리아를 불렀고 어느 날 누이는 이혼하고 아버지는 불법 취업을 위해 오사카행 배를 탔다. 전철 옆 방음벽에 귀를 대고 파 잎이 잠든다. 회귀해 오는 나뭇잎들이 반쯤 썩은 벽지 안에 담긴 헐거움이었다. 휴일이면 누이가 쉰 음식처럼 시금해져간다. 생(生)도 몰(歿)도 없이 비탈길의 나무는 쇠톱날이 자기를 갉았던 때를 평화롭게 되새긴다. 여름날 노란 솜양지 군락이 익사체처럼 흉측하게 바람 위에 드러나곤 하면 누이는 아, 하고 눅눅한 한숨으로 가슴께에 거푸집을 만들곤 했다.

나의 아름다운 세탁소

구형 라디오 지직거리는 볼륨 아래 세미클래식이 흐른다. 오래된 천장을 가진, 내 희망을 속속들이 알고 있는 세탁소로 빨랫감을 안고 들어간다. 주머니를 뒤집으면 자디잔 먼지들이 권태롭고 허기지게 쏟아진다. 이불 빨래도, 울 빨래도 드물던 유월. 마당에 팽팽히 조여진 빨랫줄이 가릉가릉 나른한 고양이 울음을 운다. 비눗방울처럼 희고 맑게 여름이 터지고 또 부풀어오른다. 좁은 골목을 휘저으며 산꼭대기로 오르던 과일 장수 여자의 두꺼운 팔뚝이 행복에도 불행에도 가깝지 않았다.

언제나 세탁소는 낮 얼마간 게으르고 투명해진다. 퍼덕이는 지느러미의 힘에 책장 몇 쪽이 함께 넘어간다. 게으른 비누 거품이 포플러 잎새 밑에 고인 그늘 속을 빠르게 헤엄쳐간다. 물과 가루비누와 비눗방울 외에 아무것도 그의 청춘을 묶어둔 것은 없었다. 비눗방울처럼 가벼운 알을 낳고 싶어 그는 늘 아파했다. 한나절 동안 메모지에 기록했던 여름과 가을의 모든 태양이 소멸할 때쯤, 세탁소는 그제야 아이들의 더러워진 소매가 궁금하다. 아픈 팔을 흔들며 겨울 외투가 천장에 매달려 있던, 세탁소는 애인이 두고 간 결별사(辭)와 함께 구질구질해져갔다.

염전

미아삼거리역에서 내려 미아6동 파출소 앞까지 걷는 길은 수차를 젓는 물질이 끊이지 않는다. 한 달도 못 되어 미장원이 분식집으로, 분식집이 오락실로, 간판 위에 간판이, 덜마른 벽에 또 페인트가 덧칠됐다. 매주 한 번씩 독 속 김장김치의 흰 곰팡이를 걸러내던 재개발 언덕길, 목이 부러진 채 버려진 여자 인형의 터무니없이 맑은 눈알이 나를 바라본다. 미아삼거리역에서 미아6동 파출소 앞까지, 재래시장의 갈치떼며 멸치젓이 바다 밑 짠 기억으로 눈부시게 말라갔다. 내일은 재활용 쓰레기 분리수거의 날, 짠 발목을 염전에서 꺼내며 나는 편집부 엮음 베트남 혁명사를 일반 쓰레기로, 베버의 프로테스탄티즘의 윤리와 자본주의 정신을 재활용 쓰레기로 각각 따로 묶기 시작했다.

비 내리는 한철

우기(雨期)의 나무들은 쉽게 소리에 긁히곤 한다. 엄마의 잘 들리지 않는 귓전에 숲이 가늘게 걸려 있다. 문턱엔 소인(消印)도 없이 꽃들이 지고 여름의 웅덩이엔 여름 아닌 것들만 모여 있었다. 아이들이 싸놓은 모과처럼 노란 똥, 가까이 가면 숨었던 하루가 쉬파리처럼 어지러이 날아오른다. 아이들이 맨발로 비를 쫓아간다. 체한 속이 손가락 끝 피 한 방울로 깨끗이 흘러나가던 여름, 미군부대로 달려가는 버스 안에서 〈스위트 홈 앨라바마Sweet Home Alabama〉가 흘러나왔다. 구름이 몰려간 자리를 차츰 기억해내고 물웅덩이의 눈매가 깊어진다. 작은 손거울이 물 한 방울 젖지 않고 강을 건너 강 건너 사람을 적시던 날이었다. 나는 다 불어터진 여름 숲에 앉아 어릴 적 동요를 신기하게도 모두 외워 불렀다.

수로

홀수 해의 마지막 저녁에 별들은 바람좌에 들어 있었다. 형은 밤눈이 어둡고, 낡고 허름한 농협 뒤편 수로의 써레질 소리는 그치지 않는다. 아름다운 무늬지 않니, 자주 고장나는 TV 앞에서 형은 내게 말 걸고 싶어했다. 창틀에 갇혀 말라가는, 벌레들이 남긴 허전한 산문을 읽는다. 휴일의 북행 버스를 타고 산란하는 이끼의 숲을 찾아가면 수로는 늘 저수지로 떠나고 싶어했다. 할머니의 참빗질에 동생의 머리칼에서 서캐가 쏟아지고, 방역차가 꽁무니에 흰 연기와 아이들을 매달고 달려간다. 내 기억이 찬밥에 총각무를 먹었고 천천히 쉰내를 풍겼다. 수로 위에 바람을 묶어두던 저녁, 죽은 개암나무 아래 늙은 여자가 쪼그려 오줌을 누고 밑을 털었다.

나쁜 혈통

그날 한밤의 토끼몰이는 어찌되었을까. 맑은 속을 꺼내놓은 감나무가 다홍빛 열매를 곁에 두고 산모의 심정으로 모든 걸 지켜본다. 아픈 발목이 산턱을 걷고, 비린 산개암 냄새가 산 아래쪽부터 쫓기듯 서둘러 산을 오른다. 숨어 있던 길이 풀무치처럼 튀어올라 어둠 속으로 사라진다. 그날 놀란 붉은 눈들은 어찌되었을까. 마구 자란 발톱이 양말을 뚫고, 늘 먹던 저녁밥에서 담담한 총성이 흘렀다. 아주 낮게 들리는 호루라기 소리 하나하나마다 밥알들이 머리를 세웠다. 새우잠을 자고 난 후에도 정오는 어두웠다. 어찌되었을까, 벙어리들이 쑥밭을 짓밟으며 달아난 길. 어디선가 들려온 낮은 목청에 놀라 어두운 거리를 밖에 세워두고 울타리가 조금 키를 높인다. 어찌되었을까, 멀리 무간지옥에 소금 기둥처럼 서 있던 감나무 잎들. 어떤 나무들은 스스로 꺾이고 어떤 나무들은 스스로 젊어진다. 방울을 울리며 사람을 몰아가던, 그날 눈빨간 사람들은 모두 어찌되었을까.

오월

뜨거운 바람이 불었다. 나는 넓은 운동장에서 애국가를 배우고 아무 일 없이 도시락 가방과 신발주머니를 흔들며 집으로 돌아왔다. 신문지로 덮어놓은 상을 벗기면 숨었던 간장 냄새가 상 밑으로 흘렀다. 봄도 아니고 여름도 아닌 오월의 참깨가 소롯길을 깨알처럼 품으며 익어가고 사람들의 낫질에 풀들이 질린 표정으로 누워 있었다. 붉어져가는 하늘을 얹고 전깃줄이 무거워진다. 구슬피 우는 사람들 곁으로 나방들은 가까이 다가가고 싶다. 붉고 아름다운 꽃떨기 위에 혀끝을 대고 곤충은 인간의 울음을 맛보고 싶다. 담벽에 여자 성기를 그렸다고 한길까지 몽둥이를 들고 엄마가 어린 나를 쫓아왔다. 기억 밖에서 나무가 숨쉬고 나뭇잎이 세상보다 넓어졌다. 태양이 이렇게 가루져 내리는 날에 정말로 기억은 아프지 않은가. 죽은 몸이 산 몸을 씻기던 그해의 다섯번째 달. 나는 빙과가 먹고 싶어 엄마의 손지갑을 열었고 어느 날 오월의 나무들이 내게 낯가림했다. 봄별 내리던 날, 다투어 가지 않아도 아물지 않은 상처와 만나졌다.

오월

비 내리던 오월이 그쳤다. 숲이 가난한 자들의 빈 그릇 속으로 들어왔다. 나는 모서리에 몰려 서서 심장이 저울질당하는 소리를 들었다. 부드러운 비에 꽂혀 하늘이 아프게 하수구까지 걸어온다. 쥐들의 지붕 타는 소리가 엄마의 재봉틀 굴리는 소리만큼 크다. (뜻도 없이 문이 밀쳐지고, 한 번쯤 분노해야 할 일이 없을까. 나는 그리다만 그림에 붉은 명암을 넣었다.) 어쩌면 세상은 평안하고, 이렇게 될 줄 예감하면서 주일이면 동네 확성기에서 찬송이 쏟아졌을 것이다. 죽은 꽃과 죽은 바람을 차마 볼 수 없어 등을 켜지 않았다.

오월은 늦은 식사로부터 와서 늦은 식사로 떠난다. 붉고 지친 꽃잎 위로 지하 방직공장 실먼지가 희미하게 올라온다. 늦은 식사, 우는 엄마들, 햇복숭아를 사들고 칠팔월로 훌쩍 가버리는 오월. 분수대에 손을 넣고 바람의 패총을 줍는다. 덜 마른 기억의 껍질들이 손가락 사이로 뚝뚝 떨어진다. 앙천의 눈매 되뜨는, 이 짙은 오월, 한 번쯤 분노해야 할 일은 없는가. 비 갠 하늘빛을 따라 느린 삶을 옮기는 달팽이와 그의 늙은 집과 그의 집이 옮겨가며 뒤에 남는 반짝이는 것들이 함께 모두 길이 되어가고 있었다.

쥐의 날

국수를 삶으며 생각하는 쥐의 날, 단단히 묶은 폐휴지 사이에 얇게 접혀 있던 쥐의 날, 쥐약을 쳐야지, 라고 마음먹는 쥐의 날, 약병 속에 단단하게 뭉쳐 있다가 누군가의 식도를 따라 위장으로 들어가 위벽을 헐어내고 싶었던, 엄마의 등 때를 밀어주고 싶었던 쥐의 날, 미루나무가 내게 고아라고 불러줄 때, 뙤약볕이 나무를 녹여 동글동글한 오색 구슬을 만들 때, 벌레들아, 너희들의 잠은 얼마나 설익은 밥알들이었니? 한낮 공원에 앉아 타들어가는 담배와 함께 하늘로 풀려 올라가던 쥐의 날, 녹슨 철봉대에 반쯤 칠이 벗겨진 채 서 있던, 세상의 기억 모두가 엄마젖을 빠는 외로운 포유류들이기를 바랐던 쥐의 날, 우윳빛처럼 흰 부고(訃告)가 문 앞까지 왔다가 되돌아가던, 돌아간 그가 그리워 눈물 흘리던, 밤새 기둥을 갉아 마땅한 쥐의 날

유월

계집애들이 쪼그려앉아 맑고 투명한 땀을 쥐며 공기놀이에 열중한다. 얼굴을 만져주던 면사(綿絲) 같은 잠이었다. 덥고 더럽고 지켜야 할 것 많은 유월, 물웅덩이가 바람개비처럼 어린 모기들을 훅훅 창가로 날려보낸다. 타인 절대 금지, 라고 써넣은 팻말을 화장실 문에 못질하던 노인의 손이 오늘은 붉은 애호박에게 끈을 달아준다. 많은 자식들에게 그는 그렇게 못질을 하고 끈을 고쳐 매주었을 것이다. 애정 없이, 허기진 기억이 내 안으로 들어온다. 어리고 어질고 어지럽혀진 유월, 문밖을 나서면 어미 새처럼 둥지 주위를 맴돌다 푸드덕 날아가는 골목길이 자기 울음보다 더 밝아지곤 했다.

얼음불꽃

부지깽이 끝에 매캐한 연기가 걸려 올라온다. 겨우 입 벌린 메꽃 한 송이가 되어 엄마 곁엔 순산한 셋째 계집애가 누워 있었다. 손가락 다섯, 발가락 다섯, 생식기를 꼼꼼히 살피고 나서 엄마가 편히 눈을 붙였고, 누룩곰팡이가 아랫목을 따라 끊임없이 기어다녔다. 달그락거리는 배고픔들이 따뜻한 아궁이 속으로 들어가지 못하고 밤새 꿈 앞을 서성대고 있었다. 강이 빈한한 날을 지난다. 부지깽이를 쥔 엄마의 손바닥에서 뜨거운 불꽃나무가 자란다. 뿌리며 가지며 아궁이 속을 확확 드나들고도 나무는 아직 차갑다. 누이가 몰래 자작시를 보여준다. 그 시구에 내가 유치한 눈물 훔치다가, 세번째도 딸, 아빠가 뒤집어엎은 상을 훔치다가, 이 저녁은 느닷없는 평화 속에 끝난다. 강이 투명하고 가벼운 수의를 입고 강 건너 천안댁 할머니를 부르러 간다. 미역줄거리가 끓고, 부지깽이를 저으면 화르륵, 엄마들이 일어서다간 도로 누웠다.

수목한계선

목책 건너편에서 사랑이라곤 알지 못하는 이가 나를 부른다. 많은 꽃을 머리에 이고 그가 어둠을 삼켜 보인다. 대궁 밖으로 밀어올려진 한낮의 빛은 꽃의 상상에서 너무 멀리 걸어왔다. 아무렇게나 코피를 쏟으며 병약한 노을 아래 누워 있던 나무의 마지막 걸음. 죽은 관목에게로 잎새가 되기 위해 하늘이 몰려간다. 그에게로 가는 가시 돋친 영혼들은 모두 병약하고 키가 작아진다. 목책 건너편에서 종말이라곤 알지 못하는 이가 나를 부른다. 새들과 짧은 사랑을 나누고 떨기나무는 우듬지를 꺾어 그에게 던져준다.

꽃 없는 나무, 제주(濟州)

자드락밭에 심긴 상치가 병든 닭처럼 졸았다. 아버지의 찬송이 꺾인 목소리로 들려온다. 그리운 사람들을 너무 오랫동안 문밖에 세워둔 것은 아닐까. 문 열어두면 문밖엔 아무도 없고 골판지 같은 나무들이 서로를 밟고 하늘로 올라가고 있었다. 할아버지는 달걀을 썩혀 만든 술을 드시고 어머니가 달걀을 풀어 내 도시락 찬을 만들었다. 지겨운 달걀부침 아래 김칫물이 흘렀다. 그쪽으로 가지 마라, 사람들이 개처럼 엎어진 곳이다. 나는 산도 골도 아닌 한곳을 가리키며 할아버지가 무섭게 속삭이는 것을 보았다. 집 뒤로 자란 무화과나무 암자색 열매가 붉디붉게 벌고, 날파리들이 그 위를 무심하게 걸어갔다. 무화과(無花果), 꽃 없이 열매 맺는 나무. 할아버지는 술 담배를 끊고 교회 다니며 십일조를 냈다. 오래전의 죽음들이 흘러 내게 꽃 없는 나무의 다디단 지붕을 만들어준다. 무화과 ; 봉오리도, 만개(滿開)도 없는 지루한 삶이 툭, 하고 붉게 터져나간다. 개처럼 엎어진, 할아버지는 또 술을 썩혀 먹고, 어느 날 아버지가 할아버지를 위해 회개했다.

매립지

풀들은 높은 벽지처럼 매립지 바깥쪽에 멈춰 서 있었다. 나는 라면을 끓이며 봉지에 적힌 글들을, 조리 방법과 첨가물과 맛있게 먹는 법을 내처 읽고 읽었다. 유통기한이 딱 하루 남은 이 고결한 식사. 내가 묻힐 것이고, 나보다 먼저 버려진 것들이 묻혔고, 버려진 것 이전에 산 것들이 묻힌 매립지. 내가 노려보았던 자들을 이제 편안한 마음으로 넝마꾼이 되어 주워올릴 수도 있으리. 어두운 영화관 좌석에서 애인이 몰래 피우던 담배 연기는 태양에 가깝게 다가간 바람처럼, 내가 쓴 우문(愚問)처럼 쉽게 부서졌다. 면사같이 가늘고 긴 기억이 국수틀에서 뽑혀나왔다. 풀들은 수상하게 매립되어 있는 길로는 걷지 않는다. 나는 아무 무게도 없이 코피 흘렸다. 꾹꾹 눌러 담은 쓰레기들, 그 위로 얇게 덮인 흙, 그 위로 다시 트럭들이 지나다녔다.

금요일의 자매들

너희는 어느 날 신발을 바꿔 신는다. 너희는 참 착하게 서로를 만진다. 푸른 잔디밭 한가운데로 정구공을 줍기 위해 들어가곤 하던 너희. 지금 너희는 작게 웅크린 접시 속에 함께 누워 빨간 목젖을 보이며 혀를 나눈다. 아빠는 엄마에게, 엄마는 너희에게 돈을 주고, 너희는 돈을 모으며 통기타 하나 마음속으로 점찍어둔다. '누이의 황금빛 머릿결'을 부를 조그만 구석방 하나가 너희에겐 필요했을 것이다. 다음에 돌려줄 테니 그 돈 엄마에게 맡겨라, 너희는 울며 발버둥쳤다. 엄마는 외상 정부미값을 생각했을 것이다. 잘 마르고 꾸들꾸들 아름다워진 너희, 너희의 울음에 매달려 목련 겨울눈이 까슬까슬 눈을 비빈다. 너희를 낳은 남자와 여자가 이른 새벽부터 싸우고 너희는 숨을 참으며 화석 물고기들이 되어간다. 마당에 양파 구근을 심고 나서 아, 좋은 생(生), 이라고 말하던 너희. 헤어지더라도 같은 길을 걷게 될 거라 생각하며 너희는 거울을 반쪽씩 교환한다. 너희가 죽던 날, 버드나무 잎이 물고기 눈알 같은 바람의 구근을 꺼내 보여주었다.

금요일의 자매들

가출중인 여자애의 가짜 속눈썹은 길고 아름다웠다. 태양의 섶 아래 은백양 잎이 번데기를 달고 흔들린다. 과수원 딸년들이 모여 가난을 다 덮고도 남을 긴 주름치마를 만든다. 내 일생엔 한 장짜리 편지조차 쉽지 않다고 낭하의 여자가 말한다. 텅 빈 가지 안쪽에서 여름 내내 여름만 기다리던 그녀들의 떨켜. 금요일엔 자매들이 매화나무 그늘 아래서 황록색으로 익어간다. 여름이면 마룻바닥에 누워 빨강머리 앤에게로 영혼을 떠나보내던 흰 팔뚝 위를 개미들이 더러 걸어갔을 것이다. 자매들은 치마폭에 담아온 햇살을 다듬으며 쪽파처럼 앉아 있었다. 막내가 소리 내어 일기를 읽으면 반쯤 열린 장롱 문짝이 딱딱하고 네모난 냄새들을 꺼낸다. 엄마의 갑상선이 온도계처럼 정확히 먼지의 체온을 짚어내던 날, 느릅나무의 빈익빈(貧益貧)이 창가를 서성인다. 가출중인 여자애의 언니들에게 금요일이 찾아온다. 교미가 끝난 구름은 흐린 강의 상류에서 느리게 서로를 삼키고 있었다.

빨간 모자

날씨 참 더럽다, 보험증을 챙기고, 빨간 모자와 늑대와 할머니는 보건소로 가서 위생업소 정기검진을 받는다. 늑대, 할머니, 빨간 모자. 해마다 이 성(聖)가족은 집 안팎을 대청소하고 행복하게 대죄(大罪)를 빈다. 욕망이 동하지 않는, 내 고향땅이 상기되는 하얀 송곳니로 늑대가 폐경인 할머니를 집어삼킨다. 바람을 밟고 가장 높은 창에 올라가 종을 매달던, 많은 사닥다리를 가진 빨간 모자. 네가 다 자라면 어두운 다락방에 올라가려는 사람들의 귀소본능이 뭔지, 소망이 얼마나 더러운 건지 잘 알게 될 거다. 잘 소화되지 않는 불량한 음식인 할머니, 늑대가 담배 연기를 불쾌하게 빨아 마신다. 배를 갈라 돌을 집어넣다니, 그건 너무 흉폭하고 너무 당돌한 인간적 비감(悲感). 빨간 모자가 걷는 길은 투망 속 물고기의 외로움 곁에 놓여 있다.

고향의 근친상간을 생각게 하는 더러운 날씨, 늑대는 오후 내내 빨간 모자를 기다린다. 할머니는 지금 편히 누워 늑대의 위벽을 머리까지 끌어올려 잠드신다. 너무 많은 질투를 가진 이상한 아동인 빨간 모자, 따뜻해지고 싶은 어린 시절이 모두 불화의 색깔이었다. 할머니는 왜 무서운 늑대 가면을 쓰고 계세요? 이 가면은 지금 너도 하나 쓰고 있질 않니. 함께 노래 부르며 나오던 보건소 앞, 모두가 양성반응, 모두가 사랑과 평화. 더러운 날씨에, 손님도 받지 못하고 빨간 모자가 목마른 지붕 위로 올라가

기저귀 마르는 빨랫줄을 한번 쨍, 튕겨본다.

불의 교성(交聲)

비가 오고, 사나흘 계속 번지던 산불은 이제 충혈된 눈가를 비빈다. 검은 연기가 길고 잘룩한 벌레집처럼, 찌그러진 대야가 뒷칠 벗겨진 거울처럼 지느러미를 차며 허공을 오른다. 비가 어린 사내애들을 길 바깥쪽으로 끌어당긴다. 완벽한 지도와 함께하는 여행은 늘 빈한 법. 숲을 다 태우고 비가 먼지불꽃 속에 잠깐 머문다. 상자 하나 가득 이 별의 죽은 바람을 모아도 마음이 내내 허전하다. 서로 엉켜 붙은 불과 숲 모두, 망루에서 바라볼 때가 가장 아름답다. 도마뱀처럼 꼬리를 끊으며 도망치던 스무 살 어느 윤달에, 나는 용한 점집으로, 속을 빨갛게 숯으로 채워넣은 착한 무당을 만나러 걸어가고 있었다.

구순기

아이들이 연을 날리던 바람의 빽빽한 밀식(密植)이 내 연애였다. 바람의 옆얼굴을 볼 수 있도록 허름한 식탁에 불 켜둔다. 어느 날 내게서 할머니의 목소리가 쏟아지고, 엄마, 내가 참나무 구멍에 빼곡히 차올라오던 느타리 종균의 검은 머리였을 때, 엄마가 내게 달아준 빗장뼈는 자꾸 등을 구부려 바람이 되고 싶어했어요. 겨울의 차가운 놀이터 미끄럼틀을 타내려온 판잣집 풍경들이 내 연애였다. 침엽수림이 바람 위를 내려오던 날, 내 실어증이 조금씩 덧나기 시작했다.

뼛속에 들어온 하루, 구멍 숭숭 난 하루가 삼촌의 눈매에 기웃거리는 게 가슴 아팠다. 따뜻한 돌계단에 앉아 아카시아가 흰 꽃잎을 적시며 월경했다. 깜깜해져가거나 알약을 삼키며 구름이 우듬지를 지난다. 상경 열차가 강가의 사람에게 말 걸며 기착한다. 내 더듬거리는 말이 바람에게 불길하게 가닿곤 했다.

조카딸의 갈래머리를 땋아주고 거울 앞에서 할머니가 긴 목을 수줍어했다. 각자가 무덤으로 향하던 산보길이었다. 많이 앓은 사람 속으로 알약 한 알이 걸어들어간다. 어린 조카딸의 새치를 뽑아주고픈 봄날 풍경이었다. 돼지 잡는 사람과 사방으로 튀는 피와 돼지의 말과 사람의 비명이 내 구순기였다.

연혁(沿革)

비가 온 후 10월 17일은 추워졌다. 형과 나는 닭발에 술을 먹고 닭발처럼 외롭게 몸을 굽히며 잠들었다. 10월 15일에 문득 애인이 내 전화를 받았다. 졸리다고, 끊으라고 그녀의 잠이 그녀의 아버지처럼 엄하게 말했다. 1973년에 내가 새끼 양보다 힘 없을 때 태양이 나를 잡아 일으켰다. 파리들이 앉아 있던 도마 위를 부엌칼로 긁고 나서 엄마가 생선 내장을 냄비에 풀었다. 숲은 방울 모자를 쓰고 마을 반대편의 방앗간으로 걸어갔다. 희망과는 다른 삶이 눈을 비볐다. 내 비밀의 숲에서 부리 큰 새가 부스러기 하나 남기지 않고 빵을 쪼아먹었다. 엄마는 입에도 대지 않은 찌개를 내가 다 먹고 나서 13년 후에 나와 내 배후가 후식으로 커피를 마셨다. 보나파르트의 안개의 달(月)에 사람들이 장님처럼 거리를 헤맸다. 이듬해에 내 구두 앞코는 닦아도 더 이상 빛나지 않았다. 11월 13일에 나는 증명사진을 찍었고 입사 원서를 냈다. 그날 오후엔 애인이 내가 먹은 돈가스값을 치렀다. 1월에, 좁은 학원 골목에서 재수생인 친구와 재수생인 내가 만나 헌책방에서 『실천이성비판』을 샀다. 자장면도 먹었다. 3월 20일에, 식당엔 배부른 사람들만 모여 있었다. 6월 장미의 날에 장미 송이를 들고 애인은 다른 남자를 찾아갔다. 내 손이 벙어리장갑을 끼고 3년 전의 지하도 입구로부터 5년 후의 지하도 입구까지 걸어갔다. 1989년 8월 29일에 내 절망이 조경가위에 잘려 떨어졌다. 그날 이전에 나는 아마추어 기타리스트였고 그날 이후에 나는 지하실이 되었다. 1994년 10월

24일 10:00. 지하실, 모든 집들의 심연, 세상이 쥐들을 위주로 유지되었으므로 쥐들은 아무리 나무 기둥을 갉아도 쥐가 되지 않았다.

갈림길

사는 게, 생(生)이 또박또박 눌러쓴 글씨처럼 깊이 박혀 나오는 게, 싫지 않다. 불법체류 노동자들이 모여 사는 콜타르 같은 동네에서 갈림길을 줍는다. 그저 낡은 철봉대에 매달려 바람이 거꾸로 세상을 바라보고, 붉은 신호등 켜진 건널목 앞에서 사람들이 계절성 우울을 앓는다. 끝없이 땀 흘리고 달그락거리는 길. 이 길은 아무래도 씨 많은 바람열매가 되려던 것 같기도 하고, 밤과 그늘에게 번갈아 열리는 좋은 돌쩌귀가 되려던 것 같기도 하다.

연인의 퍼즐 맞추기가 석양 아래 거의 끝나가는 것이, 뭔가 반듯해 보이지 않는다. 태양은 억새꽃 아래, 굴뚝은 수납장 옆에, 뿌리는 가지 위에, 연인의 손끝이 세상을 하나하나 완성해간다. 마지막 한 조각을 남겨두고 이제 갈림길과 걸음을 마주했으니 어쩌나, 뒤집힌 무당벌레처럼 의사(擬死)하는 하늘, 이 길들 중 어느 쪽을 죽여 붉고 무거운 쪽을 가질 수 있을까.

내 불면이 새벽녘에서야 잠깐 귀잠에 드는 것이, 나쁘지 않다. 알약 한 알이 필요한 자가 되거나 지독한 해피엔딩을 꿈꾸는 자가 되거나, 그런 밤엔 있지, 길들이 물에 풀려 수초에 엉키던 강가가 그리워지곤 해. 송충이들이 내 잠에 알을 묻는다. 엄마 닮은 여자애의 꿈을 꾸고 몽정했다.

진주난봉

빛의 긴 목이 앙상하고 밝은 몸 위에서 목말라했다. 홑청 같은 바람 위를 자박자박 걷고 나서, 새가 부리 끝으로 쥐며느리 하나를 건져올린다. 달맞이꽃이 밤 깊은 쪽으로 눕는다. 울도 담도 없는 집에서 시집살이 3년 만에, 하고 내가 노래 부르면 엉성하게 물구나무선 판잣집들이 빛나는 가지를 흔들어 화답해주었다. 거기서 사람들이 화장실을 파고 여문 씨를 먹고 지냈다. 잠자리 날개보다 더 엷어진 사랑, 외진 골목에서 청년들이 서로의 빗장뼈를 만진다. 오색갖이 약을 먹고 명주 수건 석 자에 목을 매어 죽은, 다산(多産)의 기억이 이렇게 늙어간다. 여름내 푸르고 긴 몸을 가진 벌레를 떼어내며 배추쌈을 먹었다. 얘야 아가 며늘아가 화답하며, 가끔 성(聖)에서 속(俗)의 방향으로 연인의 속옷 빨래가 건너왔다.

해피엔딩

온실에서는 바퀴벌레와 뒤집힌 손들이 살고 있었다. 냉암소에서는 차바퀴와 더러운 장갑들이 살고 있었다. 냉암소에서 유료 화장실을 지나쳐 비료 공장 왼편으로 돌아가면 온실과 만날 수 있다. 공중화장실의 냄새 때문에 동네 사람들이 누가 더 많이 싸놨는지를 물으며 멱살잡이를 한다. 찬피동물들은 늘 한두 개쯤 따뜻한 바람을 가슴에 담아두고 사는 법이다. 햄버거를 사들고 비료 공장에서 돌아오는 아버지들, 좋은 성인용 타이틀이 출시되었으며, 복권 가게에서 한 번쯤 안주머니를 뒤적거렸다. 바퀴벌레는 따뜻한 곳에, 그러나 인간과 대면하기 꺼려지는 곳에서 늘 살아간다. 곧 하느님이 당신을 심판하러 내려올 겁니다, 하지만 이전에도 이후에도 오직 배고픔만이 바퀴벌레를 심판했을 뿐, 바퀴벌레에게는 참회가 없다. 온실에서 웨딩 전문 사진사 데리고, 조명기사, 메이크업 담당 한두 명 끼워서 멋진 결혼식을 올리자고 남자가 말한다, 그 남자의 여자는 자식 1 2 3을 동시에 쑥쑥 낳았고 아, 삶이 시들하다, 고 말하는 버릇이 생긴다. 비료 가루가 묻은 남편의 더러운 장갑을 빨다가 아, 처녀시절이 그립다, 고 말하는 버릇이 생긴다. 바퀴벌레는 바퀴벌레와만 교미했고 뒤집힌 손이 뒤집힌 손을 맞잡았다. 따갑고 염세적인 빛살이다, 단지 손을 놓고 싶은 날이었기에 운전사는 손을 놓았고, 전복된 고속버스 속에서 8명이 사망, 10명이 중상을 입었다. 모두가 해피엔딩이었다.

입춘 부근

그 입춘 부근은 너무나도 따사로워 나는 제방에 걸터앉아 못생긴 꽃의 꽃말을 외웠다. 아무도 떠나지 않은 자리에 마음이 머물던 자국만 남아 있다. 어떤 책을 펼쳐 읽어도 마음 좋은 청춘은 만날 수 없던 날, 들풀이 머리칼처럼 야윈다. 늙은 개암나무 곁에서 허리를 굽혀 봄별의 마음을 줍는다. 내가 꽃말을 외울 때마다 거짓으로 잎순이 부풀어올랐다. 가난한 애인과 함께 부자의 마을에서 헤픈 상대방이 되고 싶던, 내 그리움이 가시에 찔려도 터지지 않았다. 따사로운 나무둥치들이 어린양처럼 매매 울며 어미 숲을 부른다. 쑥 냄새 나는 길을 걸었고 그 길가에 호들갑스레 꽃 피고 여동생의 책가방에서 화장품이 쏟아졌다. 찌처럼 조용히 그늘 위로 머리만 내민 봄별은 자기를 물고 어둠 밑으로 순식간에 내려갈 바람의 입질을 기다리고 있었다.

단식(斷食)

좁고 외로운 방에서 그는 단식을 말한다. 나무들의 금식, 꼬챙이처럼 말라가는 겨울 숲에서 탈진한 빛들이 가지 밖을 걸어나왔다. 산 아래서 우리의 외로움은 개미들이 물어다 놓은 흙덩이처럼 흐린 날 쪽으로 둥글게 모여 있었다. 우리는 잠에서 깨어난 채로 또 잠들었고 더러 택시를 잡아타고 아무데로나 가고 싶었고 아무 여자하고나 정(正)과 반(反)과 합(合)을 얘기하고 싶었다. 교문리에 가면 755번 좌석보다 목욕탕 굴뚝이 먼저 하늘로 올라갔다. 배부름과 같거나 비슷해진 말들이 그의 속에서 텅텅 울린다. 열매 대신 애벌레의 집들을 매달던 나무, 그 밑에서 다른 사람에게 보내는 같은 내용의 편지를 서로 다른 색깔의 편지지에 적었다. 상징이 사라진 날에 우리는 슬펐지만 살찐 비둘기들은 아름다웠다.

흑백사진

구멍 좁은 단추의 안쪽이 너에게 마음을 달아준다. 그해 국광의 붉은 빛깔, 자기 무릎에 머리를 대던 어미소의 평화로운 열병, 물옥잠의 구멍난 부레가 모두 바둑돌의 흑과 백이었다. 지천의 꽃들이 허공을 향해 시작되던 하혈도, 네가 빨아들던 담배 끝 새빨간 불꽃도 다만 개의 눈이 바라보던 흑빛 세상. 굴뚝 청소를 하고 나온 오빠, 몇 해 동안 분갈이해보지 못한 오빠, 이삿짐 속 허름한 이삿짐이던 오빠, 방바닥을 걸레로 훔치면 네가 흘린 얼룩들이 고분고분 닦여나왔다. 대야에 담긴 빨래처럼 누군가 헹궈주기를 바라며 마음이 세제 거품 몇 알갱이에 의지해 둥실 떠 있다. 골목마다 칸칸이 놓여 있던 쓰레기통들이 모두 네 고향이던 때, 남루한 밤이 네게 마음을 매달아준다. 한밤 뒷간에서 거울로 자기 얼굴을 비춰보면 훗날 애인 얼굴이 나타난대, 기억이 포도알처럼 자주색 피를 쏟으며 달게 터졌다. 아무래도 나는 나를 사랑할 운명인가봐, 수은칠이 반쯤 벗겨진 거울 안에서 너는 너를 흉내내며 비스듬히 잘린 채 반쯤 웃었다.

모네의 저녁 산책

산책이 시작되는 길 위에서 모든 아침은 세상 밖의 것이 된다. 응달 위에 내린 눈이 따뜻하게 익어갈 때 바람은 혼(魂)이 모인 쪽으로 날아가곤 했다. 나는 산기슭에 앉아 날이 저물도록 어둠의 입문서를 읽었다.

모든 산길의 나무는 부력을 가진다. 나는 빨리 잊고 싶은 기억을 불러 여러 번 캐물었다. 아직도 불지 않겠는가, 배후는 누구냐. 날개 없는 나무가 새의 날개 속으로 날아간다. 집으로 가서 빨래들과 함께 잠들고 싶었다. 이방인들이 편히 쉬는 7일째의 날에 나는 옥수수알처럼 노릇노릇 굳어가는 저녁 길을 걸었다. 낡은 책 속에서 읽은 밤의 이목구비가 내 앞에서 뚜렷이 깎이고 쉰 소리로 누군가 나를 불렀다. 공중으로 떠오른 흙과 돌이 나무의 부레 속에서 함께 맴돌았다.

간선도로 끝에서 세상의 본을 뜨는 무딘 쇠망치질 소리가 들린다. 사람들의 결심이 수난사를 쓰고 낙엽이 땅보다 더 밑으로 걸어갔다. 오후는 공원과 도살장으로 가는 두 개의 길을 만들고, 밤은 그 위에 목탄 가루를 뿌렸다.

나는 모래흙 위에 하늘과, 땅과, 집과, 집과 집이 모여 만드는 천지우주에 관한 쉬운 이국어의 뜻문자를 썼다. 모든 명료함은 아팠다.

나는 아프게 말했고 누구의 말도 읽지 못했다. 붉은,

푸른, 흰 바람이 먼저 순례하고 간 저녁 산책길은 아이들만 남아서 딱지와 고무줄을 흥정하는 흐린 풍경의 것이었다.

적(敵), 밋밋한 여담이문

가투(街鬪)에, 여름은 매운 기침을 하며 빨리 시들었다. 기침이 깊은 우물을 파고 두레박을 내린다. 엄마, 하얀 물고기가 엄마 뱃속에서 뛰어놀고 있길래 거기로 뛰어들어갔더니 글쎄 나 아닌 아이들이 뛰어놀고 있었어. 사랑스러운 적들을 하나하나 호명하며 두레박이 깊게 내려간다. 공장 굴뚝이 아련하게 내 스물의 머리칼을 잡아끈다. 여름 북방 별자리가 그 안에 떠 있고, 옥상엔 읽다 버린 마르크시즘이 갈피마다 오줌에 젖고 있었다.

가만히 심지 끝에 불을 올려두고 촛불이 병약한 날을 다 채우기를 기다린다. 맑은 날 옥상에서 바라보던 텅 빈 물탱크와 피비린내에 지쳐 덮어버린 열왕기 上·下엔 올해도 그늘이 봉오리를 맺는다. 붉게 핀 페튜니아가 오목렌즈 속에 들어가 평화롭게 굴절하는 여름날. 물거품이 길을 잃지 않도록 유월 강가가 물고기들을 풀어놓는다. 머물 수 없는, 희망 없는 곳으로부터 머물수없고희망없는곳으로 내가 편도 표를 끊었다. 물달팽이들이 풀줄기 끝으로 올라가 튀밥처럼 말라간다. 세상은 싱거운 적, 밋밋한 여담이문이었다. 터가 좋은 공한지에 뿌리를 박고 쓰레기 분리수거함이 자란다. 이 별은 작은 엄마의 딸년들처럼 버릇없고 아름답게 늙어갈 것이다.

Highway Star

빛과 흙먼지가 폭포처럼 쏟아지는 채석장이다. 몸안의 먼지가 깨져나가는 돌처럼 자꾸 밭은 숨을 만들어낸다. 재단사 짓을 그만두고 노래를 부르러 온 시골 청년, 기생충처럼 내 월급에 붙어 살던 애인, 때 기름 흐르던 4차선 곁의 잣나무, 면회 가면 시국 사범 친구는 이빨 세운 짐승 흉내 따위는 버리고 늘 견디기 좋다고만 말했다. 물컵 위에 올려둔 양파가 이제 곧 제크의 콩나무처럼 뚱뚱하고 우스워질 거야, 주머니 속에서 돌가루가 한 움큼씩 쏟아져 나오고 땀내 나도록 듣던 하드록은 뚱뚱하지도 우스워지지도 않았다. 빛이 먼지처럼 날아오른다. 화물 트럭 가까이 떠오르던 먼지들은 아직 젊고 아프다. 스톱 버튼을 누르며 단조롭게 시끄러워, 라고 말하고 애인이 녹음테이프를 꺼낸다. 질주하던 하이웨이 스타의 고속도로도 거기서 끝. 한 번쯤 견해 차이라는 걸로 드러머와 다퉈볼 수 있거나 혹은 하루종일 볕 아래 앉아 꼬물거리는 깨벌레들을 들깨알 사이에서 솎아내고 싶었다. 뜨거운 먼지 속에서는 시골 청년의 긴 머리가 고음으로 날아가고, 현관에 벗어놓은 짝이 다른 운동화가 평등한 세상보다 더 평등했다.

만화가 소년

문지방에서 멈춘 채 그늘은 좀처럼 문을 넘지 않는다. 튀어나온 대못 끝에 소년은 발을 찔린다. 내일부턴 안 나와도 된다, 일이 서툰 소년은 수세미 열매처럼 누릿누릿 부은 발을 넣고 다시 운동화 끈을 조인다. 커다란 대야에 시멘트를 개어 들고 아파트 난간 끝에 서면, 수초 가득한 강어귀의 물장구가 소년을 부르고 있었다.

바람이 펜듈럼처럼 흔들렸다. 물감을 개듯 시멘트를 갠다. 약을 타러 보건소로 가던 열다섯 어느 때 엄마, 사생대회 가야 하는데 물감이 말라서 안 나와, 소년은 딱딱한 물감 조각을 물에 개어 흐릿한 봄나무 하나를 그린다. 알록달록한 물감 덩이를 물에 풀면 엄마의 상처가 알약의 캡슐처럼 느리게 녹았다.

뭉근한 불 위에서 잠들고 싶은 날이다. 내 꿈은 만화가, 소년은 손바닥에 다닥다닥 붙은 굳은살을 떼어내며 점심식사의 남은 몇 분을 보낸다. 철골 운반에 일그러지는 얼굴도, 널때기 위에서 혼자 먹는 밥도, 시름 없이 넘기는 연재 만화를 닮는다. 만화의 네모 칸을 그리는 대신 네모난 창틀에 피스를 박는 일이 계속되면 소년은 죽어도 못 잊을, 어릴 적 먹었던 오뎅 맛을 기억했다.

교문리

울담에 걸터앉아 우리는 초경(初經)처럼 붉게 핀 꽃을 여윈 몸으로 들여다보았다. 이상도 하지, 나무들은 꼭 쥔 주먹처럼 자꾸만 잎새를 끌어당기고 금방 쏟아질 것처럼 공장 아이들은 자꾸만 침을 뱉으며 휘청거렸다. 고요히 누운 비탈길로 우리는 다리 굽은 개를 끌며 올랐다. 나무는 그립고 둥근 덩어리가 되어가고 사람들은 낮아져가는 땅을 또박또박 소리 내며 읽었다. 은자(恩者)를 만나는 저녁에 우리는 복숭아를 준비하는 꿈을 꾸었다.

형이 예고 없이 찾아든 여호와의 증인과 싸우는 동안 삐걱삐걱 좁게 문 열리는 소리가 가슴 아팠다. 선반엔 송화주가 식용유 통에 담겨 누렇게 변해가고 나는 사과에서 썩은 부분을 도려내듯 벼룩시장에서 구인란을 오려내고 있었다. 나무의 품안에서 길이 싹을 틔운다. 송홧가루가 뽀얗게 솟는 길에서 내 추억은 자꾸 한눈팔았다. 눈병이 날지도 몰라, 붉게 충혈된 눈을 비빌 때마다 세상이 흐릿해져갔다. 골목엔 지린내로 피어 있는 꽃이 전부였다.

유원지 필담

유원지의 놀이기구들은 삐걱삐걱 어두운 표정을 반복한다. 시드는 사월이 너무 시끄러워 우리는 필담으로 얘기를 나눴다. 멀리 공장 굴뚝에까지 가닿는 좋은 부력의 종이비행기를 접고 싶었지만 날려보낸 것들은 멀어지지 않았다. 지우개와 연필이 항상 당신의 가방 안쪽을 상처내던 사월, 당신이 쥔 연필은 실패한 여섯번째까지의 연애를 셈해보고 나서야 편히 필통 속에 놓인다. 청룡열차에 흐르는 갖가지 비명이, 사월의 차양막이, 인공 폭포가 싱싱해져가는 것이, 당신의 필담 속에서 여러 길들로 모아진다 ; 당신에 대한 나의 치료는 올해도 진전 없이, 부침전처럼 노랗게 눌어갑니다. 오랜 시간 뒤엔 지금보다 어린 심지가 등(燈) 속에 자라고 있을 것입니다. 지붕 위엔 바람의 구근이 뿌리를 내리고, 다만 하루는 징그러운 표피의 사랑. 잘 벼려진 사월의 숲입니다. 악다구니 쓰던 새들이 그 칼끝 위에서 어진 숨을 다듬습니다, 다음날을 부르던 오늘의 목소리가 회전목마로부터 아카시아숲까지만 다만 고요히,

낡은 장화

방문을 열면 강 밑바닥 물고기의 집들이 명란(明卵)처럼 쏟아졌다. 있지요, 맑은 날 보건소에 누워 있는 물고기 비늘들을 보았어요. 벌들이 오전 내내 꿀을 모으고 가뭄 아래 모여 먹은 것들을 토해 집을 만든다. 얘기 좀 해봐요, 당신 손가락은 날카로운 쪽보다 무딘 쪽을 더 많이 가지고 있어요. 내가 어릴 적부터 신어온 낡은 장화, 언젠가 어느 짐승의 따스한 집이었을 가죽끈을 묶는다. 서글픔이 내 발을 조인다. 길 위에서 움츠러들던, 싼 담배를 얻어주던, 나를 멈춰 세우던 내 장화. 어디로 갈 건지 얘기 좀 해봐요, 외로울수록 시름은 얼마나 젊어졌던 걸까요, 머리를 빡빡 깎은 아이들이 산 아래 지붕 밑에서 오랫동안 광 낸 구두끝을 바라보고 있었다. 봉제 공장의 털먼지들이 저물녘 하루살이떼처럼 강변을 오르내린다. 마르크시즘의 가장 그리운 문장에 밑줄을 긋고 성당으로 가고 싶었다.

소리가 만들어놓은 길

소리가 만들어놓은 길을 따라 걸었다. 물의 근원이라는 뜻을 가진 도시에서 바늘은 레코드판의 홈을 따라 걷고 길은 잡음들로 무성했다. 시큼하거나 혹은 알싸하거나, 그늘이 나무 아래서 고두밥처럼 부글거리며 익어간다. 그 흔한 시월의 나무를 따라 걸어도 아픈 말은 흔하지 않았다. 메뚜기 앞이마 같은 집을 얻었구나, 내 방을 둘러보고 할머니가 말했다. 세상의 끝 어디쯤에선가 번데기들이 평화로운 진자처럼 흔들렸다. 세상을 연민하며 시계들이 일제히 뻐꾸기 소리를 울렸다. 오랫동안 모아온 흠집 난 레코드와 구겨진 수첩은 소리가 만들어놓은 길을 걷는다. 이별 편지 위에 쓰인 내 이름이, 통합공과금 영수증 위에 찍힌 내 이름이 서글퍼 보였다.

모래의 시작

처음엔 한술 가득 퍼올려진 따뜻한 고봉밥이었다. 흐린 촉 전구알 하나가 뜨거워지는 동안 ○○인력 구석자리에서 감자알들이 식어갔다. 죽은 노래기들을 쓸어담던 겨울 벌판이 유리문을 똑똑 두들긴다. 뭐, 가끔씩이라면 할머니같이 쪼글쪼글 웃을 줄 아는 여자애들에게 편지 보내줄 수도. 방으로 들어와 몸을 털면 언제나 모래 한두 알쯤 따라와 할머니의 잔소리처럼 뒹굴곤 했다. 퇴비처럼 자디잘게 썰려 삭아가던 ○○인력의 소년들. 처음엔 생(生)이 얇은 비닐 막 같았고, 다음엔 김 휘휘 도는 찌개 그릇 같았고, 나중에 생은 자기 입에 못 담을 험담들이 되어갔다. 손등이나 발목에 한 번쯤 상처 남겼을 톱날을 챙겨들고 사람들이 ○○인력을 나와 톱밥처럼 허공으로 날려간다. 모래 한 줌 속에서 큰누나의 잠버릇은 아직도 사랑스럽고 꽃집에 취직해 장미 다발 묶는 작은누나의 보조개는 아직도 깊다. 엄마, 이보다 더 행복한 생은 가짜일 거야. 빚쟁이가 문을 쿵쿵 두들기다 돌아간다. 그런 사람 없다고, 엄마는 문 뒤에서 작고 단단한 모래알로 서걱거렸다. 라라의 테마를 들으며 아직도 눈물 흘리는, 여러 남편을 둔, 돈이 너무 절박해 엄마 돈을 훔쳤던, 바보 큰누나. 모래알에서 바위로, 물고기 한 마리에서 치어로, 왜 시간은 자꾸 거꾸로 헤엄쳤을까. 동글동글 뭉친 주먹밥 같은 태양을 매달고 ○○인력에서 일감 놓친 사람들이 걸어나온다. 처음엔 1.5톤 트럭 부릉대는 엔진소리에 연정 품었던 잘 감긴 시계태엽이었다.

희망

이삿짐 싸고 난 후, 아린 손끝이 나를 잠재우다. 생각하고 싶지 않은 계절이 담긴 달력이 보따리를 비집고 머리를 내밀다. 희망을 빌려 쓰고 갚지 못해 내가 울다. 덕소로 가서 한 번 돈 내고 영화 두 편 보다. 입춘에, 가끔 땅벌레들이 영문 없이 푸석한 흙 위로 토해지다. 제방에 모래주머니를 쌓는 사람들이 가끔 강 속으로 사라지곤 하면 사람들이 느긋하게 비명을 질러보다. 촛이불을 보자기로 묶고 나서 누이동생의 솜털 같은 낮잠에 대해 생각하다. 누이동생이 미장원 주인이 되는 꿈과 누이동생의 오줌에 대해 생각하다. 꿈꾸는 나무들은 꿈 밖 어느 가지도 흔들지 않다. 생선의 언 주둥이가 영 다물어지지 않던, 뿌리가 더이상 땅 위를 묶지 않던, 차가움이 한꺼번에 살얼음으로 번져가던, 겨울과 봄의 접경. 한편으로 이삿짐이 비에 젖고 한편으로 아무 차나 세워보려고 손 흔들지만 기약 없다. 기약 없는 나를 오랫동안 바라보던 죽은 느티나무에 기대어 따뜻한 냄새를 맡다.

몇 개의 길

넓은 잎새 밑에 가려진 붉은 호박을 땄다. 알 수 없는 우열을 나타내며 들꽃들이 커가고 길들지 않은 구두 뒷굽이 자꾸만 길을 솎아낸다. 문득 길을 돌아보면 아카시아 잎사귀는 정말로 마지막이란 말을 담으며 그리움을 눈부셔하고 있었다. 빨래가 말라가던 대낮에, 젖은 쓰레기가 조금씩 먹음직스러워졌다. 코 나간 애인의 스타킹이 내내 음식 찌꺼기를 걸러내던 여름, 멀리 쫓아내도 상처는 더럽혀지지 않았다. 아직도 분가루가 걸레에 닦여 나오네, 죽은 지가 언젠데 자꾸 뭘 흘리고 다니는 할머니가, 엄마는 원망스럽다. 더러 버려진 여름이 봉지 밖을 걸어나온다. 여름 개암 열매에는 아직 세속의 이름이 없다고 애인이 말했다.

그대여 오늘은

그대여 오늘은 차가운 저녁이 거리에 버려지고 진홍빛 이름들이 직할시로 날아간다. 오늘은 기념일이지. 사슬 소리가 목구멍으로 올라오고 가수들은 처방을 기대하지 않으며 노래 부른다. 오늘은 길일이야. 즐거운 일은 비밀이 되고 뚜렷한 이유 없이 처녀들은 군인들 앞을 경보해 지나간다. 새들의 날개가 자꾸 울음 쪽으로 전향해가는 오늘. 나무들이 가지 위에 새잎을 가지런히 널어 말린다. 친구여 우리는 거리에 핀 진홍빛 꽃잎을 보러 나갔다. 오늘은 쿠데타의 날, 모란보다 짙은 피가 더디게 굳어갔다. 침묵이 인솔자도 없이 사람들을 열 맞춰 어딘지 모를 곳으로 안내해 간다. 오늘은 밤이 아름다운 날이야. 아픈 자가 아픈 자를 두려워하는 아득한 날이야, 오늘은.

충혼탑에의 추억

충혼탑, 나는 하늘 곁을 서성이는 아카시아나무를 만났다. 그때 세상은 세상 밖으로 오르는 돌계단을 걷고 있었다. 약물중독으로 죽은 지미 헨드릭스를 생각했다. 충혼탑, 궂은 오후에 친구들은 가투(街鬪) 나가고 나는 자기 부인을 꼬셔서 도망간 백인 남자를 죽여버리겠다는 블루지한 내용의 노래를 종일 들었다. 노래를 뒤섞으며 잔디 뿌리가 무릎 곁에 돋았다. 올해도 학비는 못 보낸다, 나는 편지를 구겼다. 화려한 기타를 가진 흑인 기타리스트가 아카시아 가지를 굽힌다. 1970년에 나는 신장염을 앓았고 그는 생(生)의 마지막 해를 살았다. 그는 LSD를 알았고 여자를 배웠다. 그때 나는 가난을 배웠고 어머니를 알았다. 충혼탑, 나는 순순히 내려왔다. 조막손 같은 나무들이 해토머리 무렵을 지나가고 있었다. 탑 곁엔 떠난 새의 둥지가 맑은 바닥의 그늘을 만들고 있었다.

풀밭 위의 식사

너희는 왜 안 먹니? 모두들 봉지에 손을 넣고 무언가를 우물거리는 사이, 우린 먹을 게 없어요, 라고 너무도 선명한 눈으로 아이들이 대답했다. 거미들이 몇 가닥 줄에 허기를 매달고 나뭇잎 사이를 떠돈다. 가만가만 울리는 숲의 소리 쪽으로 귀가 오목해진다. 잘살아가라고, 개암나무가 발밑의 개암알들을 밟아준다. 아이들은 아카시아 가득한 언덕길에서 웃지도 않고 표정도 없이 술래잡기 놀이에 쓸쓸히 부유하고 있었다. 태양이 가지 위로 올라가 감잎을 쏟고 떫은 뒷맛이 그늘 안에서 흔들린다. 잠에서 돌아오는 입구를 쉽게 기억하기 위해 누구나 잠들기 전엔 잠에게 생채기를 만들어둔다. 언덕에 누워 당신은 다리가 하나 없는 개의 기형(奇形)을 생각했다.

왼발을 저는 미나

왼발을 저는 미나, 미나는 지금 페리호를 타고 세 시간 남짓 떠나는 물위의 어떤 여행. 미나의 허무한 이름들은 늦여름까지 계속 산등성이를 뒤덮는다. 백사장 끝에 서서 미나가 구토한다. 깨진 창문은 아름다웠는데, 방안에 꾹꾹 찍힌 구두 발자국들은 아름다웠는데, 방문을 열면 죽은 미나가 흉한 냄새로 사람을 반기곤 했다. 아무도 네 어린 딸이 울고 있다고 미나에게 말해주지 않았다.

문학동네포에지 016

죽음에 이르는 계절

초판 인쇄 2021년 3월 23일
초판 발행 2021년 3월 30일

지은이—조연호
책임편집—유성원
편집—김민정 김필균 김동휘 송원경
표지 디자인—이기준 김이정
본문 디자인—유현아
마케팅—정민호 김도윤 최원석
홍보—김희숙 김상만 함유지 김현지 이소정 이미희 박지원
제작—강신은 김동욱 임현식
제작처—영신사

펴낸곳—(주)문학동네
펴낸이—염현숙
출판등록—1993년 10월 22일 제406-2003-000045호
주소—10881 경기도 파주시 회동길 210
전자우편—editor@munhak.com
대표전화—031-955-8888 / 팩스—031-955-8855
문의전화—031-955-3570(마케팅), 031-955-8865(편집)
문학동네카페—cafe.naver.com/mhdn
트위터—@munhakdongne
북클럽문학동네—bookclubmunhak.com

ISBN 978-89-546-7776-9 03810

www.munhak.com

문학동네